김기욱 시집-6

함박눈 내리는 날엔 숲을 걸어라

김 기 욱

이화문화출판사

함박눈 내리는 날엔 숲을 걸어라

태초의 본바탕 정한 이치가 있다

인간사 세상살이에 정한 이치가 있다

마신 만큼 눠야 하고 먹은 만큼 싸야 하고 베푼 만큼 받고 지은 만큼 치러야 한다.

일한 만큼 손에 쥐고 게으름 피운 만큼 손에 쥐는 게 없는 거고 준만큼 받으며 받은 만큼 줘야 한다. 아는 대로 행한 만큼 넉넉해지고 몰라서 아니면 알면서도 행하지 않은 만큼 부족함이 된다.

그릇에 담기는 물의 모양새나 정한 이치에 담기는 사람의 모양새가 같다,

이게 다 인간이 태어날 때 지니고 온 업보고 인간사 세상 살아가는데 기본바탕인 정한 이치가 바로 이것이다.

어떤 그릇에 담겨 어떤 모양새의 사람인지는 나의 선택이었다. 헌데 나는 나 자신 안에서 보다 자신 밖에서 자신이 그런 그릇에 담길 수밖에 없었다고 변명하고 항변하려 든다.

태초의 본바탕에서 형성된 최소한의 정한 이치대로 살려 고민하고 노력으로 살아왔으면 폼 나고 멋진 여행 마치고 우주로 후회 없이 여행을 떠날 수도 있으련만……

　그래서 호기심으로 기다리며 살아가고 있다.

　우주의 품으로 돌아가는 날, 그 날을!

　어떤 그릇에 담긴 모양새가 될지를 생각하면 가슴이 쿵캉쿵캉 요동치고 떨린다.

차 례

꼬마 숙녀의 꿈

여명이 새벽을 깨우면
태양은
하루를 드리우고 세상을 흐르다가
석양 땅거미 지면
하루를 거두고 우주 공간을 열어
은하수에게 자리를 내어준다
자리 넘겨받은 은하수는
소녀의 창에 드리워
꿈꾸는
소녀의 작은 가슴을 영롱하게 비춰준다
꼬마 숙녀의 꿈도
날개를 달고 우주를 유영한다
무지개 언덕을 넘나드는 천사가 되어
가슴 시린 소년 소녀
평온하고 포근한 밤이 되어준다
                    (창조문학 2019 가을호)

숲은 알고 있다

저 산 넘어
숲속
산새 부부가 살아온 이야기를 숲은 다 알고 있다

저 강 건너
사공
드나드는 사람 다 알고 있다

저 은하수 건너
옥황상제
너도 나도 다 알고 있다

내 안
영혼만
나를 모르고 있구나

어우렁더우렁

결국은
우주 안에서
무엇 할 거 없이
쥐 다 한 「점」인 걸
그래서
더하지도 덜하지도 않고
그러면서도
같은 점 단 하나도 없는 거고
하니
어우렁더우렁
부대끼고 휩쓸리며
그렇게, 또 그렇게 살아가는 거다

나목에게 묻다

북풍한설 엄동설한
숲 속 나목에게 물었다
동토의 땅에서 어떻게 견디어 낼 수 있는지를
한참을 지난 후에
그냥
하늘을 올려다보고 땅을 내려다보고
말이 없다
침묵한다고
있는 게 없는 게 되고
사실이, 사실 아닌 게 되고
현실이, 현실이 아닌 게 되고
의미가 의미 없는 게 되는 건 아닌 거다
엄동설한 북풍한설 동토의 나목
침묵의 항변
실존을 온몸으로 말해주고 있다
우문현답을

잠자리에 들면 또 그 생각뿐이다

저녁 잠자리에 들면서
내일은
한 번쯤 내일을 좀 살아봐야지!
아침 눈뜨고 나면
또
오늘을 살고 만다

저녁 잠자리에 들면
내일은 어제를 좀 살아봐야지!
아침 눈뜨고 나면
또
오늘을 살고 만다

끝내는 오늘을 살면서
잠자리에 들면 또 그 생각뿐이다

겨울바다

동지섣달
겨울 한가운데
바다가 있다
바다의 가운데에는
바람
파도가 있다
연인에게 불을 지펴준다
해변이 있다
해변 가운데에는
소녀와 엄마의 침묵이 자리 잡고 있다
바람 파도 해변 가운데에는
군상들 가슴을 뜨겁게 달궈주는 에너지가 있다
동장군 저만치에서 벌벌 떨고만 있다

함박눈 내리는 날엔 숲을 걸어라

내 영혼
하늘
가라앉은 만큼이다
내 심장
눈 송아리 만큼이다
눈
한가득 허공은
나를 무아지경 장승으로 세워두고
사그락 사그락
낙엽을 타는 소리
나 어렸을 적 여행을 시켜주고
숲
하얀 동화마을로 바꿔놓으면
솔새 굴뚝새 박새 산 식구들
어찌할 바 모르고 마냥 행복해 한다
함박눈 내리는 날엔 숲을 걸어라

길 위에서 길을 가다

겨울 한복판
동장군 칼날 새눈 뜨고
산 길 갈래 길
북사면北斜面 길 반들반들
몇 발자국 가다가 쫘당
또 몇 발자국 가다간 쫘다당
엉덩이가 얼얼
또 한쪽 길
뽀송뽀송 능선 길
어렵지 않게 갈 수 있다
한데
발걸음 자동이다
주인 판단도 결정도 안하고
그냥 가고만 있는데
발걸음은 어느새 얼음 위를 가고 있다
쫘당 쫘다당!
길 위에서 길을 가고 있는 거다

꽃눈이 싹눈이

꽃눈이 싹눈이 매한가지다
베란다 거실 안 모셔놓고
벌써
오래 전부터다
관찰하고 또 관찰하고
하루에도 수차례다
자고 일어나서부터 잠잘 때까지
어제 그전 어제 그 전전 어제 며칠 전 어제
언제 봐도
그 크기가 그 크기다
그런데
하루가 일주일 되면 좁쌀에서 녹두 알갱이
또 일주일 되면 녹두 알갱이에서 콩 알갱이
또 또 일주일 되면 콩 알갱이에서 상수리
또 또 또 얼만큼 지나면 꽃오리 방긋
싹눈이도 매한가지다
신기하다
그날이 그날
그 크기가 크기인데

일주일 열흘 보름 스무날…… 되면
어느새
꽃눈이 싹눈이가 달라져 있다
제 꼴이 나타나기 시작하는 거다

(창조문학 2020 봄호)

속물!

안다
모른다
알고 있다
모르고 있다
무얼
얼마만큼
알아도 모르고
몰라도 모르고
그러니까
그게
인간이라 칭하는 모든 이들
예외가 없다
모두가 다 그렇다
그래서
속물이란 말 존재하나보다
속물!

자화상

그게
내 보이는 걸로 다 보인 줄 알았는데
아름다움은 다 보이지 않았다

그게
내 들리는 걸로 다 들은 줄 알았는데
올곧고 바름은 다 들리지 않았다

그게
내 하는 말로 내말 다 한줄 알았는데
정도의 질곡을 찌르는 말은 하지 못하였다

그게
내 가는 길 내 갈 길 다 간줄 알았는데
선善과 덕德의 길은 출발선상 밟지도 못하고 있다

그게
내 갖은 거는 다 내거라 알았는데
맑고 청량한 영혼은 품어보지도 못하고 있다

이렇게
글로 써 보는 것만으로 위안 삼아본다

                (창조문학 2019 가을호)

하여튼 묘한 일이다, 글쎄 그게!

지금은 가을 한복판,
세상천지 곱게 단장하고 숲은 온통 총천연색
청량 감미롭고 마음 또한 평온 풍성하다
한데
바람이 운다
그것도 많이 아주아주 많이
슬프고 비애에 젖은 울음 운다
창에 기대어 쉼 없이 울어대고 울어 댄다
하소연이라도 하고픈 건지 뭔가 털어놓을 말이라도 있
는 건지
한데
빗줄기까지 합세하여
창문을 두드린다.
눈물 줄줄 흘리며
뭐가 그리도 다급한 일이라도 생긴 건지
뭐가 그리도 절제절명 절박한 일이라도 생긴 건지
잠시도 쉼 없이 두드린다.
한데
창 너머 뭉게구름

덩얼덩얼 크고 작은 구름조각들

유유자적 그저 정처 없이 흘러 흘러 유랑길 나섰다,

일고의 잡념도 근심 걱정 시끄러운 속은 다 내게 안겨
주고

세월 흐르는 대로

그냥 그렇게 흘러가고 흘러가면 되는 거라고

한데

그도 저도 다 아닌 꽝도 있다

기댈 창도 두드릴 창도 들어줄 사람도 없는

그렇다고 유유자적 유랑길을 나설 용기도 여유도 없으니

이 또한

가을의 한복판에 서서

고도 고행의 길을 걸어야 하는

하니

이게

다

서글픈

나그네 신세타령인가 넋두리인가

아니면

나이 드는 징조인가 철이 드는 징조인가
하여튼 묘한 일이다, 글쎄 그게!

가을의 불시착

어느 날
여행 하던
가을이 불시착을 하였다
숲 한가운데로
도토리 밤 상수리
한여름 뙤약볕 받아
탱글탱글
이제는 모체를 떠나 모체가 되려
숲속 땅바닥으로 자유낙하다
예서제서
후둑후둑 후 두둑
때굴때굴 때 때굴
사방에서 들려온다
다람쥐 청솔모 멧돼지
보고만 있어도 배가 부르다
이도 한 순간
송충이 씹은 얼굴에
눈가에 눈물이 그렁그렁 이다
탐욕이 목구멍까지 꽉 들어찬 탐욕스런 자들

제가끔 눈 부라려 부릅뜨고
풀잎 속 꼭꼭 숨어있는 알맹이들까지 찾아내
주워 담기 바쁘다
지 뱃속 채우려
다람쥐 청솔모 양식까지
남겨놓지 않고
닥치는 대로 걸터듬는 꼴을 보고
속이 편할 리가
북풍한설 동토의 암흑세상 배곯을 생각에
걱정 한숨
땅이 꺼져라 내쉬는 거다
정말이지 못된 건
탐욕스런 인간 말종들 뿐인가 하노라

가을 그리고 빗줄기

가을
막 문턱을 넘었는데
어제는
바람이 그리도 울어대더니
한창 바빠진 건
빗줄기다
세월을 실어 나르고
숲을 곱게 분장시키고
연지곤지도 찍어줘야 하고
미물 온갖 짐승 풀 관목 수목 인간들
동절기 양식
비축 해줘야하고
몇 날을 두고
나르고 날라도 끝이 보이지 않는다
가을 그리고 빗줄기
바쁘기도 바쁘다, 바빠

철! 철이 들어야 하는 거지!

엄동설한 동장군 최후의 악다구니
봄 문턱을 넘었다곤 하나
아직은 동장군 심술보가 도깨비방망이
심술부리기 일쑤다
하지만
세월 이기는 장사 어디 있겠나
동장군에 개의치 않고
상관없다는 듯 왕 무시다
생강나무가 그렇다
수줍게 터뜨린
노랑 얼굴
태연자약 생글생글
바로 뒤따른
산수유가
그 뒤로
또 그 뒤로……
순서가 어긋남이 없다
모두가 물려줄 때를 아는 거다
터줏대감 주인 자리를

그리고
물려받을 때도 알고 있는 거다
모름지기
사람만이
물려줄 때 내려놓을 때를 망각하여 꼭 쥐고 있고
이어받을 맘만 성급하여 정신없이 서둘러 댄다
하여
끊이질 않고 항시 사달이 벌어진다
이게
인간사人間事인 거다
하니
철!, 철이 나야지!,
철! 철이 들어야 하는 거지!

세월이 말해주는 거 같아 씁쓸했다

벌써 9년째다
월요일마다
퇴직하고 10시 약속
아침 먹고
하던 대로 하다가 시계를 봤다
30분에 나가야 할 시간
약속 장소
선학역 홀에 당도하니 아무도 안보였다
스마트폰 전원 켜니 9시다
작은 시계바늘 보지 않아서 생긴 사달인거다
그러니까 시계하고는 아무 상관도 없는 일이다
이게 다
세월이 말해주는 거 같아 슬펐다
세월에 장사 없다더니!

가을은 기차가 되어

가을은 기차가 되어
기차가 되어
그렇게 다가오고 있다
기적소리가 그리 말해주고 있다
마음속 깊이 잠자고 있던 지난날들
추억 한가득 실어다 풀어놓는다
어렸을 때 동네 개구쟁이들과 놀던
쥐불 놓기 연날리기 자치기 팽이치기 딱지치기 구슬치
기하던
코흘리개 한패거리
실어다 실어다가 풀어 놓는다
풋내기 청년 시절
가물가물한
풋사랑 한보따리 실어다 풀어 놓는다
햇병아리 사회 초년병 시절
뭔지도 모르고 좌충우돌 들이대던
머쓱했던 일들 한가득 실어다 풀어놓는다
한로寒露도 문턱을 넘고 상강霜降이 코앞
가을이 더 깊어지면 더 많은 추억거리들

한 짐씩 실어다 부려놓을 거다
가을은 기차가 되어
쉼 없이 들락거리고 있다
하니
잠 설치는 건 늘상 있는 일이 됐다

사람과 낙엽

사람은, 사람은 말이다
속이 탄다
일이 꼬이고
세상 되는 일도 없고
하나같이 일만 저지르고
하니
속은 숯검뎅이다, 숯검댕이!
속 숯검댕이 된 사람
늙고 힘 빠지고 온통 갈라진 논바닥 같은 주름
쓸모도 없는 짐의 존재
그냥
소멸되고 스러지고
이게 전부인 거다

산은, 산은 말이다
숲이 탄다
겨울 동장군 혹독하기가 죽을 맛이고
봄 만물 싹 틔워야 하는데
대지는 거북이 등짝

여름

염제의 담금질에 태풍 호우에

숲은 생사生死의 기로

천신만고千辛萬苦의 세월 보내고

그러다가

가을

속이 타고 숯검댕이가 된 숲

온통 불구덩이

불구덩이 되게 속이 탄 숲

숲을 불꽃으로 변신시켜

예쁨 독차지하다가

일말의 바람도 대가도 없이

낙엽되어

인간에 밟는 즐거움을

숲의 생명체에 자양분 보시하는 보람을

새로운 생명 끈이 되어준다

남는 건

조건 없는 숭고한 희생 그게 전부다

사람 속과 낙엽의 보시!

가을이 있어 다행이다

언제 봐도 회색빛 콘크리트 숲에
도로는
거무스레 칙칙한 아스팔트 길 뿐
숨 막힌다

상강이 문턱을 넘었다

도로변 마당 곳곳에
수채화 그려 넣기가 한창이다
빨강 노랑 파랑 분홍
천연색으로
도심이 채워지고 있다
비취빛 하늘
수채화를 화려하게 받혀준다
청량한 공기는 덤이다

회색빛 숲 거무틱틱한 도로에
갇혀 살다가
수채화

수채화 속 사람들
모두가
오랜만에, 아주 오랜만에
얼굴 펴졌고 눈망울이 맑다
삼삼오오 미소 지은 입이 종알종알

숨통이 트인 거다
가을이 있어 천만다행이다

그냥 아무 생각 없이

입동이 문턱이다

단풍
제 주인 몸 떠나 제자리를 찾는다
때!
때를 알고 철 든 게다

그게
구르는 낙엽이든
바람에 날리는 낙엽이든
구석에 수북수북 쌓인 낙엽이든
인간 군상 발에 밟힌 낙엽이든
거리 쓰레기와 뒤섞인 낙엽이든
다
모두 다가
아름답고 포근하다
추하지도 않고 지저분하지도 않다
그저
아름답고

마음을 편안하게 인도해 준다
제 몸통에서 떠났지만
생명력은 그대로인 거다

때를 알고 철이든
낙엽만이 갖는
제 3의 생명력인 거다

그냥
아무 생각 없이
낙엽을 밟으며 걷고 있다

(창조문학 2019 가을호)

조락凋落의 초로初老가 조락의 길을 가고 있다

달력으로 나흘 남은

섣달 동장군 매서운 맛

시어미 눈꼬리만큼이나 싸늘하다

문학산 산행 길에

조락의 초로가 등짐 지고 조락의 길을 가고 있다

『ㄱ』자 허리 등에

배낭을 얹고

가쁜 숨 몰아쉬며 가고 있는데

그 모습 안 돼 보였는지

박새 굴뚝새 솔새 콩새 식구들

나목의 덩굴 숲에서 머리 돌리며 눈알 굴리며

응원의 메시지를

또 때로는

뮤지컬 공연으로

응원에 응원을 보내주고 있다

조락의 초로가 조락의 길을 걷고 걸으면

초로의 봄은 오려나?

나 또한

응원하고 또 응원을 보내 본다

절제절명의 간절한 소원

세월이 하수상하여
국운 풍전등화 후대 나라 앞날 파멸 번영 등등
많은 어휘들 자꾸만 뇌리를 스친다

이상화님의 혜안
빼앗긴 들에도 봄이 오는가 더 이상 묻지 않아도 되는
노천명님의 혜안
사슴이 모가지가 길어 더 이상 슬픈 짐승으로 남지 말며
윤동주님의 혜안
풀잎에 이는 바람에 가슴 시린 날이 없기를
유치환님의 혜안
깃발이 우리 조국을 향한 번영의 동경이고 행복의 향
수로 창조됐으면
하고
천지신명 조물주께 빌고 또 빌어봅니다

지금은
나라가 너무나 혼란스럽습니다
지금은

44

붉은 무리들이 세상을 만신창이로 몰아가고
지금은
붉은 무리들이 나라 근간을 뿌리째 흔들고
지금은
붉은 무리들이 보복의 시퍼런 칼날로 피를 부르고
지금은
붉은 무리들이 정부 일꾼 말단부터 머리까지 다 차지
하고
지금은
붉은 무리들의 거짓 속임수만이 횡행 난무하는 세상이
외다
지금은
부정 불법 대선 총선으로 나라가 들끓고 있습니다
가마솥이 따로 없습니다

벌벌 떨고 있는 건 선량한 백성들뿐
어떻게 굴러가고 있는지 모르는 것도 선량한 백성들뿐
철부지 젊은이들은 뭐에 속는지도 모르고 속아 넘어가고
유소년소녀들은 우왕좌왕 질질 끌려다니고

자라에 놀란 가슴 쓸어내리고 있습니다

조상님네! 조물주 천지신명께 간곡히 소원합니다
깃발이 휘날리는 날이 도래하여
파란 하늘에 하얀 손수건도 함께 휘날릴 수 있는 기운
을 불어넣어 주시옵소서
간절하고 또 간절한 절체절명의 소원을 빌어봅니다
봄날
푸르고 맑고 밝은 하늘에 하~얀 깃발이 휘날리게 해
주시옵소서

(창조문학 2020 봄호)

틀림없는 것만 틀림없다 하자

눈 내리는 게 틀림이 없다

눈 내리는 날
비렁뱅이 식구네
다리 밑 냇가에서 빨래한다 했던가
딱 오늘이다
아침까지만 해도 영하 15도였다
눈 내리는 게 틀림없다

덤불 속 굴뚝새 박새
숲속 솔새 직박구리
얌전하게 앉아서 눈만 껌벅껌벅
눈 내리는 게 틀림없다

산길 걷던
청춘 남녀지간 쌍쌍이
스마트폰 들이대고 찍어댄다
눈 내리는 게 틀림없다

가랑잎 타고 내는 소리
내 발자국 떼는 소리
눈 내리는 게 틀림없다

산도 나목도 천지가 다 하얗다
내 마음까지도 하얗다
눈 내리는 게 틀림없다

틀림없는 것만 틀림없다 하자
거짓 핑계 속임수가 일상이 돼버린 세상!

똥의 중량 그리고 섭리

참 갑자기다
똥을 싸고 있는데
불현듯
내 육신 안의 똥 중량은?
아니
내 육신 안에만 똥이 차있나
너도 너도 그리고 너도
다 육신 안에는 똥이 차있다
그런데
도대체
내 육신 안에 차있는 똥 중량은?
그럼
너 너 그리고 너의
육신 안에 차있는 똥의 중량은?
분명한 건
태아 그리고 막 탄생한 영아는
똥 중량이 0일 게다
미량의 똥 있다한들
색깔도 황금빛

풀풀 풍기는 구린내가 아닌 무취無臭
허나
똥의 중량을 이기지 못하면
구린내가 풀풀 진동을 시키면
결국 주저앉고 마는 거다
가야할 곳으로 갈 수밖에 없는 섭리다
고관대작 권력자들 사리사욕이기 탐욕 탐에 눈 어둬
그 똥의 중량 보통 사람들 백배 천배 만배는 더할 거다
구린내 풀풀 풍겨 세상천지가 오염이다
고약한 천한 무리들!

오늘

오늘!
오늘도 여전 오늘이고
어제도 오늘이고
내일도 오늘이고

오늘!
오늘도 여전 오늘을 살고
오늘이 있어 어제도 오늘을 살았고
오늘이 있어 내일도 오늘을 살거고

오늘!
오늘도 오늘의 복이고 즐거움이고
어제도 오늘의 복이고 즐거움이고
내일도 오늘의 복이고 즐거움이고

오늘!
오늘도 오늘의 희망이고
어제도 오늘의 희망이고
내일도 오늘의 희망이고

하니

인류

우주 만물

뭐 하나 빼지 않고

오늘 어제 내일이 다 오늘이니

섭리가

다를 게 없는 것

우주의 섭리다

고구마에 대한 예의

충남 대산에 가면
우리 부모님께서 물려준 작은 산자락이 있다
그 산자락에
손바닥만한
산밭뙈기가 있다
올 유월
처음으로 고구마를 심었다
한 줌 고구마 순 구해
각시랑 둘이서
땀 흘려 꽂았다
그리고 일주일 열흘 보름이 한 달 두 달 석 달 넘도록
못 가봤다
뿌리 내렸는지도 사뭇 궁금하다
농작물은
주인의 발자국 소리 들으며 자란다 했는데
그러던 차
막내한테 연락이 왔다
가보자고 제안해 왔다
쫄레쫄레 따라가

고구마에 대한 예를 갖췄다
자주 발자국 소리 들려주지는 못하지만
고맙다 했으니
밀려드는 역경 고난 잘 이겨내고
가을이면
도란도란 일가를 이루리라
하여
어느 가을날
고라니 하고 나누고도
한 바가지를 담았다, 한 바가지나!

모두가 엄마의 품

바닷가 백사장
부서지는 파도의 조잘대는 소리
조개껍질 도란도란 속삭이는 소리
소라껍질 추억 꿈꾸는 소리
들으며
소녀의 꿈 나래를 편다

하늘
비취빛 창공
유유자적 구름떼 자유롭다
밤하늘
별님네 초롱초롱 영롱한 빛
서편의 언니 눈썹달에 담긴 추억
보고
소녀의 영혼은 영글어간다

많이 덥다고
소낙비가 인사하고 떠난 뒤
하늘 마을 강가에

오색 무지개다리 놓아주니
소원 빌고 무지개다리 건너며
소녀의 사랑도 커져만 간다

모두가 엄마의 품인게다

새가 돼 날고 있다

35도 넘나드는 복중 한가운데
예년엔 한 달 걸리던 장마가 보름 만에 끝이 났다
장마가 줄어든 만큼
염제炎帝의 횡포가 늘어났으니
내품는 폭염의 횡포가 말이 아니다

혹여 집에 와서 초인종 눌러
응하지 않으면
배낭 둘러메고
숲으로 뛰쳐나간 줄 아시게

숲 가운데서
장승이 되어 그냥 서있거든
귀 눈 코
피부까지도 말끔하게 씻고 있는 줄 아시게

장승에서 풀려나면
어느 결에 날개 펼쳐진 영혼은
하늘 호수 위

구름배 타고 유유자적
새가 돼 날고 있다네

염제와 맞서는 게 가상하지 아니한가!

염제炎帝에 묻다

왜 그리 심술이고 몽니 부리는가?
영혼까지 훈제시켜 매달 건가
도대체 왜 이러는 건데

이게 어디 염제만의 폭거인가

인간들
이기 입신출세 권력 부귀영화 사리사욕 탐하는 건
영혼을 완전 후벼 파서
세상을 다 미쳐 돌아가게 하는 거 모르나
염제 왈
인간 탐욕보다는 그래도 나은 편이라 항변하고 있다
기상청
114년만의 폭염이란다

염제상왕炎帝上王도 신은 신인가보다

이제 두 달을 훌쩍 넘겼다
한 낮 33도~37도
왔다 갔다 한 지가 말이다
뭐가 그리도 아쉬워
끈을 놓지 못하고
밤 낮 가리지 않고 몽니에 폭거다
이제 두 달을 훌쩍 넘겼다
새벽 28도~31도
뭐가 그리도 아쉬워
끈을 놓지 못하고
밤 낮 가리지 않고 몽니 폭거다
물었다
염제상왕이 아니라 염씨가 맞다고
철이 안든 신도 신이냐고
머리 고추 세우고 대들어 말했다
염제상왕 왈
나한테 애기 할 거 없다
인간 떼거리들
매사 하는 짓이
하도 보도 듣도 상상도 못할
선善 철학 신념 윤리 도덕 수양 덕망 충절 정의

무엇 하나 반하는 작태가 아닌 게 없고
이기와 사리사욕 부귀영화에 눈 귀 다 멀어 듣도 보도
못하니
나라도
앞에 나서서
뭔가 뜨거운 맛을 보여줘
세상사
의미 가치 옳고 그르고 신의 미덕 수양 덕망 함양시키
고자 하는데
나도 힘들지만
열심히 실행하고 있단다
모리배 인간말종 떼거리들 때문에
선량한 시민들까지 개고생에 헉헉대게 하여
안됐다 생각 들기는 하지만
나도 땀 흘려 고생하고 있노라고
100여년을 훌쩍 넘긴 오래만의 염제상왕의 항변이다
하니 염제상왕도 신은 신인 게라 항변한다

이기의 심기가 천기의 심기를 노하게 하였다

인간의 사악함
조상도 민족도 국가도 국민도 하늘도 무서워하지 않고
그저, 오르지
국민의 염원 소원 저버리고
이기에 눈이 먼 통치자 심기가 하늘을 찌른다
대통령 2년도 하기 전에 기념관 타령이다
4년도 안돼 세종정부청사에 기념관 들어앉혔다
탐관오리 고을 현감 수준이다

지금까지
우리 역사상 유래가 없는 최악의 상황이다
단 하루도 거르지 않고
두 달을 훌쩍 넘긴
35도가 넘는 폭염의 연속
30도를 넘나드는 열대야
어쩜 단 하루의 말미도 주지 않고
줄기차게
아주 질리게, 질리다 못해
숨이 넘어갈 지경에까지 이르렀다

아니 아예 숨이 넘어간 사람도 30명을 훌쩍 넘겼다

태풍아 오라, 제발 좀 와다오
소원하고 또 소원해서
솔릭이 희망을 안고 북상했다
그런데
솔릭 너 마저도, 진정 너 마저도 그럴 순 없는 거다
바람도 비도 국민 열망도 희망도
가뭄의 갈증도 폭염도 열대야도
뭐 하나 제대로 시원하게 풀어주지 않았다
염원 갈망 희망을 저버렸다
완전 미친 태풍이다

생각해 보니
나라 통치자의 극에 달한 독선 폭거의 심기가
천기의 심기를 건드려
그 노여움의 발로가 국민에게 고스란히 안겨진 거다
누구를 원망하랴
모두가 자업자득에서 야기된 걸 어찌하랴

조선시대 임금 같았으면
궁궐 밖 숲에
초막 짓고 베잠뱅이 걸치고
하루 한 끼 두 끼 결식을 하며
하늘님 조상님네께
밤낮으로 빌기라도 했으련만
이제는 그냥 역사의 뒤안길
애깃거리에 불과한 게 돼버렸다
애먼 한 국민들
개고생하는 이유가 다 있었던 게다

누구라도 다 그럴 거다

비취빛 창공에
구름 두둥실 두리둥실
한없는 평온 여유 온유를 한 짐 지어준다
한참 뒤에서야 보였다
내민 손을
그리고 무언의 눈빛으로 말했다
내놓으라고
가진 거 없는 내게 뭘 내놓으라는 건가
그래도 내놓을 게 있단다
눈빛이 그렇다고 말해주고 있다
생각하고 또 생각한 끝에
이기 탐욕 허황된 욕망 하고 외치니
지그시 눈을 감은 채다
있는 대로 몽땅 꺼내어 쥐어 줬더니
평온 여유가
가슴 한복판에 자리 잡는다

누구라도 다 그럴 거다!
(창조문학 2020 봄호)

누가 인생살이 고달프다 했나

다
내려놓고
산/숲/오송길 품에 안겨보라
그 품이
무엇이면 어떠랴!
그냥 안기면 되는 걸

경이로운 천생연분

대둔산에 오르면

인간 그 누구도 흉내 내지 못한다
바위 터전 삼아 홀로 선
솔나무
함께 한다
세상에서 가장 잘 조화를 이루고
바위는
전생에 어떤 인연이었기에
그 자리서
그렇게 꼭 박혀서
솔과
경이로운 천생연분 경지에 올랐을까
그리고
그 둘만의 조화에
비취빛 하늘
알아서
배경이 돼준다
한 조각구름까지 보태서

인간 그 누구도 흉내 내지 못한다
천하제일의 예술가라 할지라도

가을 문턱에서

산/숲/오솔길

아무럼 어떠하랴
그게
혼자든 둘이든 셋이든……

숲과 더불어 살아가는
온갖
풀벌레들

심장 터져라
혼을 다해
목청 돋워
있는 소리 없는 소리 다 토해낸다

걸음걸이 멈추든 걷든
눈을 뜨든 감든
숨이야 쉬든 말든

귀만 열려있으면
숨이 찬 것도
땀방울 솟은 것도
이방인 스쳐 지나가는 것도
문제 될게 없다
그냥
무아지경!

게다가
미풍 실바람마저
친절하게 스친다

누가
삶이 고달프다 했나

내 코앞에 둥지 튼 가을이

지하철 안이 한산하고 쾌적하다
졸지도 않고
똘망똘망 눈도 크게 떴고
한눈 팔지도 정신 팔지도 않았고
딱히 이렇다 할 생각에 젖지도 않았다
어느 틈엔지
내려야 할 역
훌쩍 지나쳐 버렸다
다시 거꾸로 타야 했다
겸연쩍은 얼굴로 전철 문 나서는 데
내 코앞 둥지 튼 가을이
동행하자 손 내민다
분명
가을이다

(창조문학 2019 가을호)

가을

지금은
입동의 문턱
침묵 속에 불타는 숲
모든 걸 다 말해주고 있다

만추晚秋를 보내며

가을 끝
소설이 문턱에 와있다
숲을
곱게 단장했던 옷가지들
모두 훌훌 벗어던지고 홀연히 나목이 됐다
부끄럽지도 춥지도 않은
그저 태연자약泰然自若이다
곱디고은 벗은 옷
아낌없이
산 길 카페트로 깔아놓았다
열 갈래 스무 갈래 길이란 길 다
꽃단장 시켜놓았다
누구나 누구라도
다 주인공이 되어
걸음걸음, 가라 한다, 가라고 한다

단풍!

삼복三伏
눈 부라리고 작열하는
불구덩이 염제의 심술에
숲속 미물 날짐승 들짐승 초목
어느 하나라도
혹여
데워죽지 않을까
노심초사勞心焦思다

염제 목구멍에서 토해내는 화마
온몸으로 받아
깊이깊이 간직한 불덩어리
이제야
빨강 노랑 영롱한 횃불로 만들어
염제가 그랬듯
토해낸다
그 고행에 지쳐서
아예 제 몸에서 떨어져 나와
우주로 귀화한다

속도 모르는 사람들
떼로 몰려다니며
그냥 좋아라
탄성에 인증샷에 어찌할 바를 모른다
이기 탐욕의 극치다
못났다, 못난이다

존재, 낙엽의 존재를 곱씹어 새김질해보면
그럴 수는 없는 거다

슬픈 가을의 꼬랑지

지금
내 모습은
내 모습의 모습이다

단순히
세월의 탓만은 아닐 거다

얼굴은
작아지고
점점
손등은 거북이 등딱지고
말라빠진 등걸고갱이요
몸통 팔 다리는
뼈에
거죽만 붙어있는데
주름은 거미줄이고
바짝 말라빠진 가랑잎이다
돋보기를 쓰면 더 잘 보인다
이뿐이 아니다

내장은
그저 살아 보겠다 악다구니 쓰지만
제구실 제 기능 점점 조락의 길로 접어들고
몸치에
정신은 허하고
공동묘지에 떠도는
도깨비불이 돼서 그저 허공을 떠돈다

지금은
가을의 꼬리
슬프디 슬픈 가을의 꼬랑지

팥배나무에 걸린 소우주

밤 하늘
별무리 은하수보다도
더 많은 별무리가
팥배나무에 대롱대롱 걸터앉았다

비취빛 하늘
맑고 청량한 공기
무엇하나
소우주를 받아들이기에 부족함이 없다

선홍빛 투명한 얼굴에
붉은
탱글탱글 반짝반짝
모두가 하나다
밝고 천진 해맑은 얼굴
팥배나무 가지마다에
내려 걸터앉았다
우주에서 보낸 선물
소우주

행성

영락없는 밤하늘 별무리다!

빈 논배미의 풍요 평온 한가로움

신도는 섬이다
하니 배를 타야한다
신도 바다역(선착장 이름) 지척에
벼를 추수하고
이제는 텅 빈 논배미가
기러기의 쉼터고 식량 창고다
따사로운 햇살 등에 업고
꾸벅꾸벅, 지금은 오수를 즐기는 시간인가 보다
만추
농부님네가 놓아두고 간 이삭줍기가
여간 쏠쏠하지 않은 게다
배부르고 등 따습고 이제는 쉬어도 되는 시간
농부님네 맘을 알아차린 해님도
따사로움으로
기러기들 곁에서
풍요 평온 한가로움 되게
정성을 쏟아내는데 주저함이 없다
하니
세상 돌아가는 아귀가 잘도 맞아떨어지는 게다

아~!, 팔공산아!

그래 너는 참 고결하다
나한테는

20년을 훌쩍 넘긴
그 때
온종일 속삭여 주던 얘기들
그
빗방울에 실려 보낸 얘기를
이제는 흘러간 세월의 뒤안길이 됐고

10년을 훌쩍 넘긴
그 때
무릎의 진통으로
내 영혼의 감내를 시험하던
그 고통
이제는 흘러간 세월의 뒤안길이 됐고

오늘
오늘은

나목의 눈꽃
상고대
이 멋도 자태도 성이 안 찾는지
꽃눈까지 뿌려
천상의 선녀 마을로 데려다 주니

아~!, 팔공산아!
이런 호사
누리고 누려도 되는 건지
그저 감사하고 감사하다

그래 나부터다, 나부터!

어제도 오늘이었고
오늘도 오늘이고
내일도 오늘일 거다

작년에도 올해였고
올해도 올해이고
내년도 올해일 거다

세월 탓 하지마라
존재
오직 오늘만 있을 뿐인 걸 가지고

성인군자부터 민초들 까지 누구 할 거 없이
다
좋은 말들 양산(量産)하여 흘러넘친다

오늘, 올해 맞으면서
오늘, 올해에는
머리와 입이 아닌

마음과 행동으로 살았으면
살아보려 노력했으면
하는
바람이다

나부터!,
그래 나부터다, 나부터!

기다리고, 기다리고 또 기다려야 한다

고도는
사막에서만 존재하는 건가
사막에서만 기다림이 존재하는 건가
바람소리 뙤약볕 그림자
대화 상대가 전부다
차라리
숲에 가서 기다려보자
생강나무 산수유 벚꽃 진달래 팥배나무……
미소 짓고
삶의 향기
아낌없이 주면서
잠시지만 말을 건네며 스쳐지나가니
그래도
기다려볼 만도 하다
장승이 되어 기다리는 것보다는
살아서 숨 쉬며
기다리는 게 호강이 아니겠나?
또
그게 꼭 숲이 아니면 어떻고

눈과 코가 호사를 누리지 못하면 어떠랴
그게 운명이라면
기다리고, 기다리고 또 기다려야한다
존재하는 한
존재가 존재하는 한은 그렇다

꽃비가 내리던 날

뻐꾹새 울 때면
점에 지나지 않는 순간을
세상 다 가진 듯
숲
꽃구름 피어오르게 하고
제명 다 했는지
꽃비가 되어 내린다
이에 아랑곳 하지 않고
씨방이고 녹음은 신바람이다
군상들 발로 짓밟고
하잘것없는 미생물들
아예 자취까지도 없애고 만다
한 때
만물의 시선을
한 몸에 받던 꽃비인데
이런 저런 꼴 다보고 겪고
속이, 속이 아닐게 뻔한데
이래도 저래도 괜찮은가 보다
내년 봄 기약하는 희망이 보장돼 있으니

기꺼이
자신과 만물의 보양 보시해주는 게 그렇다
사람의 선생이다

(창조문학 2020 봄호)

비 개고 숲길을 걷다

늦은 밤부터 새벽 내내
뭔 심술이라도 났는지
마구 뿌려대던 비 개고
해님
해맑은 얼굴 마냥 생글생글 이다
답답한 맘 달래보려
숲길 걷기에 나섰다
그게 심산유곡深山幽谷이 아니면 어떠랴

잎사귀들 샤워 마치고 상기된 모습
윤기 번지르르 광채가 번들번들
게다가
향수로 치장했는지
그 향에 코끝이 벌름벌름
살랑살랑 미풍에
내 뿜는 청량한 기운은 전신을 마사지해준다
새들 떼창은 덤이다
눈 코 피부 귀 어느 하나
호사가 아닌 게 없다

시간 세월을 매어놓고
그저 마냥 서있고 싶은 욕심이다

숲길 걷기를 잘했다, 정말이지 잘했다
그게
심산유곡이 아니면 어떠랴
비 개고 숲길을 걷다, 문학산길을
(창조문학 2020 봄호)

횡재수

'거대한 뿌리'
인천시립극단 '창작극 프로젝트' 네 번째 작품
예술회관 소공연장

착한
며느리 그리고 나
둘이서
오붓하게 나란히 앉아

연극 관람했다

손자
연수가 감기 치르느라
저녁시간 담소는 나누지 못했다
아범한테 맡겨놓은 게
영
마음에 걸려
그냥 돌려보냈다

결국엔 의미 가치 존재다

왜 그런 말 있잖은가
사람은 이름을 남기고 호랑이는 가죽을 남긴다고

잉태되고
출생하고
이름 얻고

이름은 그냥 얻었지만
그 이름이
그 사람 대변하고
그 사람 모양새고
그 사람 존재를 말해준다

그 일말의 모든 건
의미가 혼을 양육 함양시켜서
쌓아올린 탑의 흔적
이게
그 사람인 거다

출세 재물 권력 명예 부富의 탐욕은
그 사람의
이름 모양새 존재가치를
파멸 파탄 추락 시킬 뿐
하니
무엇을 어떻게 쌓아 올릴 것인가
각자의 몫인 게다

결국엔 의미 가치 존재다

혹한에 심술보 삭풍 때문만은 아닐 거다

오늘 혹한이 찾았고 삭풍이 불었다
창문은 소리 내 울었고
전선도 울었다
지금은 섣달이 막 문턱을 넘었다

숲이고 가로수고
나뭇가지들, 중구난방 질서도 없다
그냥 이리 흔들 저리 흔들
삭풍 심술에
옷을 벗은, 벗어버린 나목
알몸이 부끄러운 듯 쑥스러운 듯 꼼지락꼼지락
겨우 걸쳤던 속옷까지다
완전 나목이 되고 말았다
이도 서러운 일인데
혹한의 심술까지 보태어
고난을 넘어 고행에 접어든 거다
동토의 겨울
내년 봄까지다

가로수 아래 인간군상들
머리 처박고 총총걸음
왁자지껄 쫑알쫑알 삼삼오오 무리지어
누구 할 거 없이
혹한에 맥못추고 심술보 삭풍에 혼이 난다

섣달인데
일 년 다 보내놓고도
한 게 없다
이루어 낸 것도 얻어 낸 것도 없다
고난 고행이
혹한에 심술보 삭풍 때문만은 아닐 거다
나목보다 열 배는 더 힘든 고난 고행을 감수해야 하는
필연의 업보
운명을 양 어깨에 짊어지고
행성 지구에 떨어진 게 분명하다

오늘도 혹한은 매섭고 심술보 삭풍은 어김없이 불고 있다

해를 보내며 해를 맞으며

가슴도 쳐보고 소원도 가져본다
그게
조상님네가 됐든
조물주가 됐든
부처고 예수고 옥황상제가 됐든
토템신이고 샤머니신이 돼도 상관없다
소원 받아들여지기만 한다면

이제는
잎새에 이는 바람 마저도 가슴 시려 하지 않아도 되고
모가지가 긴 사슴이라서 슬퍼하지 않아도 되고
깃발이 휘날리는 그 날의 봄 오기를 기다리지 않아도
되는
그런 날이 도래하여
다시는
똑같은 시를 쓰지도 읊지도 않아도 되게 해 주소서

이글거리는 탐욕 번득이는 권력의 칼을 접게 하고

유혹과 꾐이 난무하는 바람을 잠재우고
야바위꾼 사기가 멈춰지게 하고
무법천지 탐욕 권력을 위한 촛불이 켜지지 않게 해 주
소서

이 나라 민초들 작은 소망은
능력과 자질 넉넉한 사람이 제 위치 제자리에서
제역할 제구실 다하고
선량한 사람들 일터에서 땀 흘릴 수 있게 하소서

이 나라 민초들
가슴 소박하고 영혼 순수하여
한 송이 꽃에도 눈물 흘리고
존중과 섬김이 있고
하니
밝고 평온한 세상 되게 하소서

우리 모두는
해 보내면서 가슴도 쳐보고

해 맞으면서 소망 기원도 해본다

이렇게!

해가 떴다

아침
여명이 꼬리를 감출쯤에
여명의 꼬리에 매달려 끌려나온 해

분명
해는 하나가 떴는데
시시각각 다른 얼굴이고
같은 얼굴이 없다 1분 1초도
춥게도 덥게도 하고 따습고 서늘하게도 한다
내 그림자를
고무줄마냥 길게도 짧게도 한다
뜬 해는 하나인데 다 다른 얼굴들이다
이뿐이 아니다
엄청난 괴력을 지니고
땅속 생명체를 소생 시켜 지상으로 끌어올리기도 하고
꽃도 피게 하고
열매 씨앗을 맺게 하여 새 생명을 탄생도 시키고
잎 무성하던 숲

완전 옷을 벗겨 나목인 채로
엄동설한 북풍한설 삭풍에 내몰게 하기도 하고
....
어떻게 다 쓸 수 있겠나

대신하여
해가 웅변을 해준다
인간 무리들아
하루에 한 번만이라도 하늘 우러러 해를 바라보라고
해의 밝음만큼만 밝게 살아보라고
그래서
치졸하고 잡다한
이기 탐욕 부귀영화 호의호식 탐하는 허물 벗어던지고
밝은 얼굴
홀가분한 평온한 여유로운 삶의 길 걸어보라고

해는 뜬다, 뜨고 또 뜬다
천의 얼굴을 가지고 있는 괴력 마법의 해가 뜬다

오늘도, 내일의 오늘도, 그다음 다음 내일의 오늘
도………

사람들만 그대로인 채다

개복숭아의 비애가 연민의 정을 품게 한다

누가
감히
'개' 자를 붙였단 말인가
북풍한설에
동장군 서슬 퍼런 횡포도
지금도
새벽녘엔 제법 쌀쌀해
설늙은이 얼어 죽는다 했거늘
도道 닦는 고행의 심정으로 혼신을 다해
산을
숲을
곱고 화려하게 단장시켜 주려고
연분홍 물감을 풀었건만
만추에
서리가 내린다 싶으면
달디단 열매 숙성시켜
달콤새콤한 맛으로
인간들 혀끝 즐겁게 해주려
보시를 했건만

누가 감히
'개' 자를 붙여 개복숭아라 했는가
진작
'개' 자를 붙일 건
인간 탈을 쓴 개만도 못한 말종들이 아닌가
진작
저자신은 모르면서
감히 '개' 자를 붙이다니
개복숭아의 비애가 연민의 정을 품게 한다
숲은 온통 꽃구름 두리둥실 이고
지금은
4월의 어느 봄날

꽃눈이 내렸네!

4월
어느 봄날
화사한 꽃구름으로 변신했던 벚꽃이
밤사이에 눈이 돼
대지를 살포시 덮어
하얀 양탄자 깔아놓은 듯
꽃눈 소복소복
봄날의 화려했던 부귀영화도 내려놓고
숲을 화려하게 수놓았던 명성도 내려놓고
구름 관중 제자리로 되돌려놓고
신록에 자리를 내어준다
이제
본래의 우주로 회귀했다
때가 되니
아무런 미련도 없이
우주 자연의 섭리에 따라
순응하고
제자리로 돌아가는 삶의 모습을
인간을 향해

몸과 행동으로 보여주고 있다
내년에도 그 내년 내내년에도 꽃구름 피어오르고
내년에도 그 내년 내내년에도 꽃눈은 내릴 거고
하니
이 또한
자연의 경이로움이 아닌가!

본래의 순수로 돌아가

숲을 보라!

어느 봄 날
숲이 꽃구름으로 한 가득이다 싶었는데
어느 봄 날
그 꽃구름 다 거쳤다 싶었는데
어느 틈엔가
옷을 다 갈아입었다
신록의 숲으로
꽃이 차지했던 그 자리에는
열매가 씨앗이 자리 잡아 꿈틀대더니
새 생명 잉태하고

여름의 방문
염제의 철판 녹일 화염
뇌우의 고함
태풍의 광기에 물폭탄 투하까지
뭐든
아랑곳 하지 안하고

녹음으로 그늘막 지어
들짐승 날짐승 휴식처 돼주고
봄날 잉태한
새 생명 살찌우고 성장시키고

만추가 되니
만물 다 살찌우고
고운 색동옷 갈아입히고
한 해 결실의 맛에
행복에 취해
뭐 하나
정신이 혼미하지 않은 게 없다
이 와중에도
숲의 초목 관목 모두를
나목으로 변신시켜
본래의 순수로 돌아가
인고의 반열에서
온갖 미물들 날짐승 들짐승 인간까지도
평온한

휴식처로 들이려
나름 노력을 경주하고 아끼지 않는다

.한 해의 끝자락
동장군의 기세가 하늘을 찌른다
북풍한설
삭풍에 나뭇가지는 바들바들
양지바른 덩굴 숲
아는지 모르는지 박새 콩새 솔새만 살판이 났네

두견화의 전설

밤부터 새벽녘까지 그랬었나 보다
두견화
산에 불 지르고 말았다
그 사랑이
애달프고 서러워
피를 토하며 울부짖던 날이 몇 날인가

창에 기대어
쏟은 눈물 시내가 돼 흐르고
그 모습 지켜보던 바람도
미어지는 가슴 주체 못하고

밤부터 새벽녘까지
그리도 속 시끄럽게 울어댔나 보다

날이 밝아 문학산 오르니
두견화
산에 불을 질렀다
피를 토하는 두견새의 화신

두견화의 슬픈 전설
이렇게라도 해서
님 가슴에 닿기를 소망하고 소망해 보는 거다

하루를 보내고

하루를 보내고
고단함을 달래기라도 하려는 건지
수평선 지평선 너머 저만의 유토피아로 풍덩
그러면
땅거미를 타고 찾아드는
어둠의 신이 행성으로 납신다
영혼이 숨는다
어둠의 품으로

바람, 바람아 우지마라!

바람의 울음소리가 들리는 집
언덕 위
우뚝 선 아파트 우리 집
바람의 주막이다
혹한 바이칼호에서 오는 북풍한설 혹한의 바람이든
보리 이삭 나오는 봄날 남촌서 오는 훈풍이든
마른장마의 건달 바람이든
폭풍우를 거느린 메가톤급 폭풍이든
다 들러서 간다
뭔 우여곡절 사연을 한 가슴 안고 왔는지
때로는
격하게, 아주 격하게
때로는
슬프게, 아주 구슬프게
울며
들러서 머물다 가곤 한다
그렇잖아도
속 시끄럽고 염장질에 가슴 다 문드러지고
영육靈肉의 쇠락을 걷고 있는 걸음도 서러운데

이 야밤에
너 마저 그리 울어대면
나 또한 피를 토하는 울음 울 수밖에 없다
바람아!
바람!, 바람아 우지마라!

산새의 고행 1

문학산 탐방로
족히
하루에도 수 백 명은
일 년 열두 달 삼백육십오일
단 하루도 거르지 않고
여명이 시작되면서 땅거미가 내려앉을 때까지
지나다니는 길가
아주 잘 생긴 듬직한 팽나무 한 그루
뿌리 공간 사이로
초가삼간 오두막 한 채 둥지 틀고
알을 낳아 품고 있다
산새 어미가
지나치면서
안녕 하신가 곁눈질 하면
눈이 딱 마주 친다
내가 또 몹쓸 짓한 거다
콩알만 한 심장 두근두근 방망이질 했을걸 생각하면
후회막급이다

다시는 눈 마주치지 않게 해야지

작년 바로 그 자리에

어떤 가족도

보금자리 꾸며 신방 차리고

알 낳아 품었었는데

일주일을 넘기지 못하고

어느 인간에게 둥지까지 통째로 강탈 도적질 당했다

누군가 천벌 받을 짓 한 거다

이 가족은

보름은 족히 지났는데 오늘까지 무탈이다

인간들 눈에 아직은 띄지 않은 게 분명하다

나도 나만 아는 비밀로 한다

입소문 나면

그 가족 또 풍비박산 파경을 겪게 될 테니까

간절한 마음으로

응원하고 소망해본다

이번 가족은

반드시 성공하여

소행성이 새로이 탄생하여
소우주의 구성원이 되기를

산새의 고행 2

아~!
슬프다
청천 하늘에 이게 웬 날벼락인가
앞이 캄캄해지고
머릿속이 하얘지고
땅이 꺼지고 하늘이 무너진다
분명
어저께 오전 중에도
어미 품에 새끼들 꼬물꼬물
둥지가 꽉 찼었는데
오늘
지나면서 곁눈질로 보니
빈 둥지가 하늘만큼 넓다
빈 둥지가 동그마니 쓸쓸하다
뭔 사적지 유적지라도 되는 양
걱정했든
혹시나가 역시나가 돼
빈 둥지만이 기약도 없이 주인을 기다리고 있다
정말이지

인간의 악행은 어디까지일까
어미새의 애끓는 심정
애간장이 타 녹아내리는
비통함 말로 표현할 수 있으랴
코로나 역병
인간의 패륜적 횡포 악행에 대한 천벌인 거다
언제 제정신으로 철이 들려나
작년의 전철을 또 밟고 말았구나
아~!, 인간, 인간들이여!

산새의 고행 3

범인은 인간일까 청솔모일까

탐정이 돼서 나서본다
산새의 가족
증발 실종 사건 그 후
사흘
못돼먹은 못난 인간 짓이라 추정을 했는데
오늘
산행 중에
청솔모 한 마리가 산새 가족 주택을 맴돌며 어슬렁댄다
생각해 보니
청솔모는 잡식이다
견과류 열매 새
사촌 격 다람쥐까지
닥치는 대로 포식한다는 얘기가 뇌리를 스쳤다
순간
앗 저놈이다
저놈은!
혹여 또

횡재수가 있을까 싶어
산새네 주택가를 맴도는 게 분명해 보인다

그래
그 범인은
과연
인간 짓일까?
청솔모 짓일까?

우한폐렴 코로나바이러스19의 대반란 1
- 바람이 운다

섣달 그믐밤 지나
정월
동토의 혹한
가슴 시린 바이칼 호수를 지나
시간의 굴레를 부여잡고
고군분투 만고의 고생 끝에 당도한 바람
나목 삭정이에 걸려 떨면서 울고
창문 기대어
혼신 다해 움켜쥔 채로 울고
제 분 제 설움에 못 이겨
밤새 울었다
시린 가슴 응어리가 풀리지 않았는지
울어댔다
슬프게
아주, 아주 많이 울어댔다

제 분, 제 설움에
피 토하도록 울어 대는 게 어디 바람뿐이랴

우는 바람 타고 왔는지
동장군 등짐에 실려 왔는지

눈에 보이지도 않는
형체도 색깔도 냄새도 보이지도 않는
중국발 우한폐렴바이러스에게
두 손 두 발 다 묶여
그저
무엇도 할 수 없고 무기력한 자신이
그저
서러울 뿐이고
그저
제 분 제 한 못 이겨 울어대는 게
바람과 매한가지다

머릿속은 그냥 하얘지고
도끼 맞은 장작 뻐개지는 고통이고
머리끝서 발끝까지
살이란 살 뼈마디란 마디는 다
바늘 찌르고 단도로 찍어 훑어 내리는 고행이고
핏기가 가신 얼굴은 마른 가랑잎이고
떨리는 손등은 죽은 지 몇 년 지난 등걸고갱이고
입맛은 십 리 아니 백 리는 훌쩍 달아나버렸고
기운은 백짓장 한 장 들기도 어려운 형국

허니
지금은
설움에 복받쳐 피 토하며 우는
바람의 신세를 말할 때가 아닌 거다
내 신세
내 육신
내 영혼
모두는 바람의 처지인 거다
아니
바람의 행색 처지가 맞다, 꼭 맞는 거다

곱게 아주 곱게
우주 은하계 어느 별
꽃길 여행하면
좋아라, 좋아 춤이라도 출건데……

우한폐렴 코로나바이러스19의 대반란 2

- 허 참

허, 참!
중국 우한 발 폐렴, 이름 하여 코로나바이러스-19
눈에 보이지도 않는
특수현미경으로나 겨우 보이는
유기질 분자 한 알갱이
그것도 생명체인 거다
환경만 받혀주면 저 혼자서 생성되고 소멸하고를 반복하니
유기체 분자 한 알갱이라 해도
생명체는 생명체인 거다
이 작디작은 놈한테
지구상의 6대주 77억 사람이
공포 불안에 떨고 있다
오늘 지금 하루에도 200개 넘는 나라에서
환자가 555만 여명을 훌쩍 넘기고
사자(死者)만도 34만 7천여 명을 훌쩍 넘겼다
불과 1년 여 정도에 일어난 일
전 세계에 걸쳐
발생환자 2억8천3백만여 환자에
사망자 수만도 543만여 명

우리나라도

620여만 명 환자 발생에 540여 명 사망자에 이른다

우리나라 코로나19 첫 환자 발생 2020년 정월 스무날

지금은 2021년 섣달 스무 아흐레

우리나라도 세계도

공포 불안의 도가니가 아닐 수 없다

그 작디작은

눈에 보이지도 않는 원시 생명체에

환자든지 건강인이든지 가정 감옥살이는 매 한기지다

앞으로 기약도 없다 한 달 두 달 석 달 1년 2년 3년 ……

이런 와중에도

해 잘 드는 특실 베란다에 터 잡은

매화낭자 철쭉 군자란 식구들

엄동설한 북풍한설 동장군 질리도록 시린 눈초리도 아
랑곳없이

중국 우한발 폐렴, 코로나바이러스-19의 공포 따위도
개의치 않고

의연하고 미소 띤 표정의 상냥한 얼굴로

나 보고 싶어 왔단다

미치도록 보고 싶어 단숨에 달려왔다 했다
감옥살이가 불쌍하고 한심하고 처량해 보였었나 보다
오늘 저녁상 맞을 때
감사의 보답으로 소주 한 잔, 딱 한잔해야 하겠다고 약
조를 했다
약조를 했으니 절대로 어기면 안 되는 거다
세 낭자한테 한 잔씩 줘도
나한테 세 잔 돌아오니 이문이고 호사인거다
이런 맛이 세상사는 맛 아니겠나!

우한폐렴 코로나바이러스19의 대반란 3
– 누가

누가
눈에 안 보이고 냄새 없고 손에 안 잡힌다고
존재가치 없다 말할 것이고
누가
총칼 핵무기 무장 안 했다고
공포 불안에서 벗어날 수 있을 것이고
누가
미물이라 두뇌도 지혜도 없다고
지략 전략 전술 당해낼 수 있을 것이고
누가
머리 몸통 팔 다리 없다고
전력달리기 경주에서 이길 장사가 있을 것이고
누가
미물이라 점 하나도 안 된다고
존재가치 무시하고 제멋대로 대할 자 있겠나,

아즈텍문명을 역사의 뒤안길로 보낸 것도 에스파냐 발
천연두 균체였고
잉카문명을 송두리째 파묻은 것도 스페인 발 독감 바

이러스 균체였고

　몽골에서 유럽으로 건너가 유럽인구 1/2 요단강 건너
로 보낸 것도 흑사병 균체였고

　걸렸다 하면 저세상 길 예약되는 면역결핍증후군도 에
이즈(AIDS) 균체였고

　새들의 반란으로 국경 없이 위협에 떨게 하는 저승자
도 신종플루 균체였고

　열사의 사막 발 중동호흡기증후군도 메르스 균체였고

　실험실의 박쥐 반격

　중국발 우한폐렴코로나=19도 박쥐 바이러스 균체이다

　근 현대 세계사적 증거를 봐라

　그게 바이러스 박테리아 곰팡이 균이 됐든

　경우에 따라서는 대륙 인구의 절반을 요단강 너머로
보내고

　경우에 따라서는 인류 문명까지도 송두리째 앗아가고

　또 경우에 따라서는 한 민족 부족 국가를 멸하게도 하
지 않나

진작

미물이고 무기력하여 대결 상대도 안 되고

백 번 천 번 맞서봐야 완패당하는 건 언제나 인간뿐이
다

● 도움 자료 : 이해를 돕기 위해서 인간을 공포 불안에 떨게 한 전
  염병을 인터넷 자료를 찾아 정리해 보았다
* 1519년 스페인의 정복자 에르난 코르테스가 멕시코의 아즈텍제국
  을 무너뜨린 것은 천연두가 결정적이었다. 스페인 병사에 의해
  전파된 천연두 창궐로 아즈텍문명의 소멸과 인구의 25%가 사망
* 1533년 잉카의 마지막 황제 아타왈파는 에스파냐 점령자 프란시
  스코 피사로의 명령에 의해 살해당하고 잉카문명 소멸과 잉카제
  국의 멸망이 에스파냐 병사의 독감바이러스 전파가 결정적이었다
* 1347년 몽골에서 시작한 흑사병이 1750년까지 잉글랜드 왕국(영
  국)으로 전파되어서 전 유럽으로 창궐하여 유럽대륙 인구의 1/2
  이상을 죽음에 이르게 하였다

우한폐렴 코로나바이러스19의 대반란 4
– 인간의 만용과 허세

인간의 만용과 허세

인간이
지구 생명체 먹이사슬의 정점에 자리 잡았다고
만물의 영장이라고
끌어다 붙일 수 있는 건 다붙여서
인간이 최강자라 헛소리 한다

인간이
맨몸 맨손으로 상대해서 이길 수 있는 게 얼마나 되고
인간이
맨 눈으로 볼 수도 없고
맨손으로 쥐어 볼 수도 없고
코로 체취도 맡을 수도 없고
피부 촉감으로 그 어떤 느낌도 전달 안 되는
아니 하늘 땅 만큼 차이나는 작은 점 분자 하나
중국 발 우한폐렴 코로나바이러스 균의 대란을 맞아
속수무책 당하고만 있는 게 인간이다
그저 공포 불안에 떨며

갈팡질팡 우왕좌왕 하는 인간 무리를 봐라

인간이 할 수 있는 건 만용과 허세가 전부다

우한폐렴 코로나바이러스19의 대반란 5

– 속 편해 좋겠다

속 편해 좋겠다

인간 군상들 속이 부글부글 이다
코로나19 역병인지 중국발 우한 폐렴증후군인지
우리뿐만 아니라 전 인류를
집 안에서
한 발자국도 문밖 내딛지 못하게 감금시켜 놓았다
불과
석 달여 만에 555만여 명을
역병 환자로 급조해 냈고
그 중
34만 여명을 죽음에 이르게 하고 있다
아직
오늘 이 시간까지도 끝날 기미가 없다
인간들 속이, 속이 아닌 게다
속 시끄럽지 안 할 수가 없다
속 시끄러운 걸 넘어
미치기 일보 직전의 지경이다

허나

숲을 가보아라

신록에 꽃에

맑은 공기 청량함에

천상의 낙원이 따로 없다

그 낙원에서

온갖 날짐승들

딱따구리 솔새 뻐꾸기 꾀꼬리 콩새 비비새……

사랑 놀음에 빠져

세레나데 부르는데 정신 팔려

도끼자루 썩는 줄 모르고 세월 보내고 있다

우리네

속 시끄러운 건 관심도 없다

속이 터져 죽든 말든

화병이 들어 죽든 말든

부아가 치밀어 속병을 앓든 말든

코로나 역병

하루에도

나라 안에서 수십 명씩 또 나라 밖선 수백 수천 명씩

죽어나가든지 간에
　인간 속 시끄러운 건 일도 아니다
　그저
　지들만 좋으면 그만인 거다

　훨훨 날아 어디든 가는 것도 부러움인데
　속 편함까지 부러움 되게 하니
　얄밉다
　얄미워도 부러운 건 부러운 거다

우한폐렴 코로나바이러스19의 대반란 6
- 이건 아닌 거다

이건 아닌 거다
아무래도 이건 아닌 거다
잘못된 거다
잘못 돼도 한참은 잘못됐다
사람이 사람을 무서워하고
무서워 고개를 돌리고 외면하고
만나잔 말도 만날 약속도 할 수가 없고
방콕 방콕콕 해야만 하고
부모 자식 간
생이별도 모자란 건지 부족한 건지
부모 임종도   장례식도
형제자매 조카 일가친척 결혼식도
손주 조카 일가친척 돌잔치에도
가면 안 된다고
백이면 백 천이면 천이 다 그렇다
그것도
어린이부터 청장년 성년 노인들까지
누구 한 사람 빠지는 사람이 없이 모두 다 그렇다
진작

무서워하고 외면할 건 코로나역병이지
사람이 아닌 거다
선진국들은
막 개발돼서 생산된 따끈따끈한 백신
앞 다퉈 접종에 전력투구하는데
우리만 기약이 없다
아니 우리보다 한참 못 살고 후진 나라 사람들도 다
맞는 백신
우린 맞지 못한다
국정이 그리 해야 한다고
높은 벼슬 하는 사람들
밤이고 낮이고 시도 때도 없이 짖어댄다
하세월 그저 기다려 보라고
세계 1등 K—방역
선동선전에만 열을 올린다
대통령 잘하고 있다 열만 올린다

우한폐렴 코로나바이러스19의 대반란 7

– 그리고 1년 후

꼭 일 년이 지나 돌이 돌아왔다
중국하고도 우한 지역을 중심으로 시작한
우한 발 폐렴
이런 건 듣도 보도 못한
그저
기이하고 해괴망측한 일은 처음이다
정부가 나서서
조상 묘 성묘도 안 되고
자식 손주
부모 조부모 세배 미풍양속 세시풍속도 안 된다 하고
하면서도
제주도 동해안 관광지 숙소 식당은
발들일 틈 없이 모여들어도
민노총 사람들 수천수만 명
동시다발로 떼 지어 거리 누비고 고성방가하며 다녀도
아무렇지도 안하다는 듯
한 마디 말도 없다
오도 가도 못하는 서민들은

다섯 명 모이는 것도 안 된다 하고

동네 골목 자영업소는 10시 넘기지 말라 한다

실정失政이 입에 오르내리는 게 그리도 무서워

원초적으로

사람을 생이별 시키는 게

그것도

겁박 독재 쓰면서까지

이게

과연 온당한 일일까

그냥

이렇게

감옥 아닌 감옥살이에

개고생 개피만 보고

하니

우울증에 정신 정서 이상 증후 환자만 늘어가고 있는
거다

대통령은 1등 방역국가라

하루가 멀다 하고 치적 실적 자화자찬에 도끼자루 썩
는 줄 모르고 있는 게다
　한 편의 실정失政 괴담怪談 소설을 쓰고 있는 게다

우한폐렴 코로나바이러스19의 대반란 8
- 별난 세상에 다 살다

분명
별난 세상에 다 살아 본다
백신 한 대 맞았는데
5분이나 걸렸을라나
한데
온통 난리도 아니다
아들 딸 사위 며느리 형제자매 친지 친척일가 친구
한 사람도 빼지 않고
전화다
맞은 당일
맞은 후 12시간 지나고서
하루 저녁 보내고 날이 밝으면서
이틀 사흘 동안은 그랬다
괜찮지!!!
후유증 없는 거지!!!
마치
전쟁터에 나갔다가 귀환이라도 한 양
이런 난리 법석
언제 있었나 싶다

진작

당사자는 무사 무탈인데

그게 나만 별나서 그런 게 아니고

동네방네 나라 전체가 떠들썩하다

이 와중에도

대통령 왈, 백신 충분히 확보 됐다 안심하고 맞으라 하
는데

이어서

언론 방송에서

백신 부족, 2차 예약 변경 불가피 운운 하고

그러니

정부는 정부대로 국민은 국민대로

난리도 아닌 거다

얼마나 나쁘게 살았으면

이런 시련 시험에 들게 하였을까

인간 무리들은

아직도 여전하다

사악하고 사리사욕 탐하는 데만 혈안이 돼

정신 나가고 영혼 팔고

자존심 자존감은 다 엿하고 바꿔먹었는지
이름 석 자 가문의 영광
뭐 말라 비틀어졌느냐는 일관된 태도다
하니
코로나 역병 병귀는
더욱 기승을 부리고 횡포다
이제
3년째
끝날 기미는 보이지 않는다
그래라
어디 갈 때까지 가보려무나

함박눈 내리는 날엔 숲을 걸어라

초판인쇄 : 2022년 6월 5일
초판발행 : 2022년 6월 10일
지은이 : 김기욱
펴낸이 : 이홍연
펴낸곳 : 이화문화출판사

주 소 : 서울 종로구 인사동길 12 대일빌딩 310호
전 화 : 02-738-9880
등 록 : 제300-2015-92호